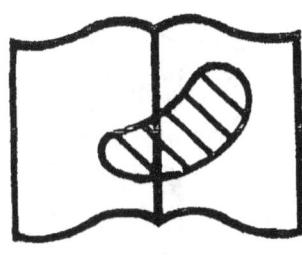

Illisibilité partielle

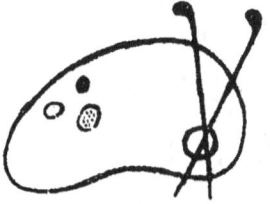

Début d'une série de documents
en couleur

VALABLE POUR TOUT OU PARTIE
DU DOCUMENT REPRODUIT

COUVERTURES SUPERIEURE ET INFERIEURE D'IMPRIMEUR.

LIMOGES

EUGÈNE ARDANT & Cⁱᵉ, ÉDITEURS.

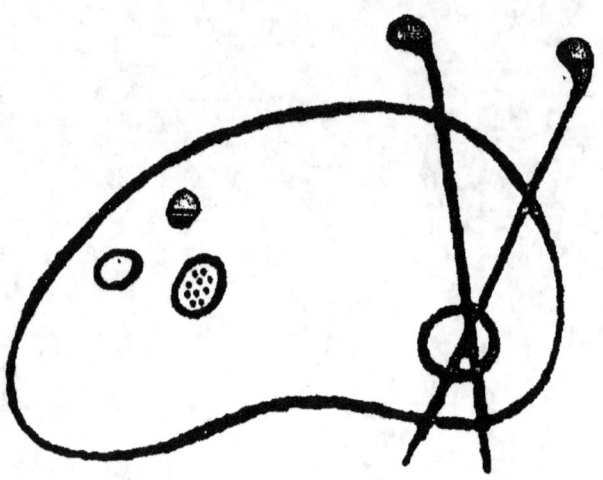

Fin d'une série de documents en couleur

LA

PETITE GOUVERNANTE

5· SÉRIE IN-12

Lilia, allaitée par sa mère. (P. 7.)

5e in-12.

LA
PETITE GOUVERNANTE

SUIVIE

D'AUTRES ÉPISODES

PAR J. N. BOUILLY.

LIMOGES
EUGÈNE ARDANT ET Cie, ÉDITEURS.

LA

PETITE GOUVERNANTE

M. d'Horicourt, ancien banquier, avait marié sa fille à Saint-Alme, jeune homme de qualité qu'il avait distingué dans ses bureaux, tant par son travail que par l'élévation de son âme, et dont il avait pris plaisir à réparer les malheurs. Ce mariage fut aussi heureux que l'avait prévu ce tendre père. Goûts assortis, caractères analogues; opulence du côté de la jeune femme; talents, franchise et amabilité du côté du mari : tout était réuni pour assurer leur bonheur mutuel, en même temps que celui de M. d'Horicourt. Une fille reçut le jour, à la satisfaction de cette heureuse famille, et particulièrement de son aïeul.

qui voulut lui donner le premier baiser, et la nomma Lilia.

Mais, peu de mois après la naissance de cette enfant chérie, le sort parut se lasser de toutes les faveurs qu'il avait répandues sur M. d'Horicourt. Une partie de sa fortune lui fut enlevée par de nombreuses banqueroutes; son gendre, qu'il aimait à surnommer son fils adoptif, et qui devait lui succéder dans sa brillante et honorable carrière, succomba aux tourments d'une maladie douloureuse causée par excès de travail. Cet aimable et intéressant jeune homme mourut avant d'avoir entendu Lilia lui donner le doux nom de père. Il ne cessait de la tenir dans ses bras, de recommander à M. d' Horicourt d'être son guide, son appui, de protéger son existence. En vain sa jeune compagne, suppliante, les mains tendues vers le ciel et les yeux en pleurs, invoquait la Providence pour la conservation d'un ami aussi cher : Saint-Alme expira dans ses bras, portant encore un regard sur sa fille, et le nom de Lilia fut le dernier mot qui mourut sur sa bouche.

M. d'Horicourt et sa fille étaient inconsolables de la perte qu'ils avaient faite. Ils ne trouvaient de soulagement à leur peine que de pleurer ensemble. Lilia, allaitée par sa mère, était le seul objet qui pût les occuper et faire diversion à leur douleur. Cette charmante petite avait continuellement le sourire sur ses lèvres enfantines; la douceur se peignait dans ses yeux; tout semblait annoncer qu'elle réunirait un jour les rares qualités de son père, dont elle était la fidèle image.

Insensiblement elle atteignit sa seconde année; déjà elle balbutiait le nom de sa mère et celui de son aïeul; puis, ses facultés morales se développant, ainsi que ses forces physiques, elle marcha seule, commença à répéter quelques mots, quelques phrases, et bientôt son babil aimable et ses grâces naïves augmentèrent le charme répandu sur sa figure. Elle devint aussi remarquable par les premiers épanchements de son cœur qu'elle l'était par tous les dons que la nature avait pris plaisir à lui prodiguer.

M. d'Horicourt ne pouvait se rassasier l'admirer et de caresser cette enfant. Il a portait dans les rues, dans les promenades, l'avait presque sans cesse dans son cabinet, la faisait placer à table auprès de lui, coucher dans une pièce voisine de son appartement; Lilia enfin était son trésor, son bonheur et sa vie. Tant de soins et de tendresse dispensaient souvent madame de Saint-Alme, encore jeune, de veiller sur sa fille. Elle résolut de sortir de la retraite austère où elle s'était maintenue pendant la première année de son veuvage. Insensiblement elle reparut dans le monde, se montra dans les cercles brillants qu'elle fréquentait autrefois, y fixa de nouveau tous les regards par ses talents et par ses charmes, et finit par y faire choix d'un second époux.

Celui qui semblait offrir à madame de Saint-Alme l'assurance de bonheur qu'à peine elle avait eu le temps de goûter avec son premier mari était un capitaine d'artillerie nommé de Coulanges, homme décoré, dans la force de l'âge, et d'un mérite très-distingué.

Ce second mariage fut loin d'être approuvé par M. d'Horicourt. Son attachement pour Lilia lui faisait craindre qu'elle ne perdît quelque chose de la tendresse de sa mère, dans le cas où il surviendrait des enfants de cette nouvelle union. Il redoutait aussi, malgré les hautes qualités de son gendre, une certaine brusquerie perçant dans ses manières, et qui, bien qu'elle fût en quelque sorte l'apanage d'un brave tel que lui, ne laissait pas d'effrayer le bon M. d'Horicourt sur l'éducation et le sort de sa chère Lilia.

Ses pressentiments n'étaient que trop bien fondés. M. de Coulanges, une fois uni à sa fille, ne se contraignit plus et donna un libre essor à son caractère fougueux, que seule pouvait dompter l'inaltérable douceur de sa femme. Lilia ne

tarda pas à en éprouver les effets. Il faut
être père pour supporter tous les petits
caprices des enfants, écouter patiemment
leur babil, leurs criailleries; et, quoique
Lilia fût constamment d'une humeur douce
et enjouée, il est néanmoins de ces moments où l'enfance paye sa dette à la nature. Aussi M. de Coulanges, sans jamais
se permettre aucun mauvais traitement
envers la petite de Saint-Alme, tantôt
l'effrayait avec ses moustaches et ses
grands yeux noirs, tantôt la faisait sortir
de table lorsqu'elle pleurait, tantôt, enfin,
la privait de bonbons et de joujoux dès
qu'elle avait fait la moindre chose.

Mais cet officier distingué devint père à
son tour; madame de Coulanges mit au
monde une seconde fille, qui fut appelée
Léontine, et qu'elle voulut allaiter, ainsi
que son aînée, afin qu'elle lui fût également chère et que son mari ne pût jamais
lui reprocher la moindre préférence.

Ce fut alors que M. de Coulanges éprouva
tout le tendre intérêt qu'inspire l'enfance.

Chaque jour, et à tout moment, on voyait ce brave militaire, ce redoutable capitaine d'artillerie, porter à son cou sa petite Léontine, la bercer dans ses bras pour l'empêcher de crier, la promener à la lisière afin d'essayer ses pas, prévenir tous ses désirs, se soumettre à tous ses caprices, en un mot devenir son esclave le plus soumis.

Lilia se ressentit de ces doux épanchements du capitaine : elle éprouva moins de vivacité de sa part, essuya moins de remontrances, et, comme cette enfant était d'une douceur angélique, elle parvint peu à peu à s'attirer la bienveillance, à gagner l'amitié de son beau-père. Ce qui surtout avait séduit ce dernier, c'étaient les soins tendres et multipliés de Lilia pour sa petite sœur. M. de Coulanges ne pouvait s'empêcher d'être ému de ce touchant spectacle, et, lorsqu'il partit pour l'armée et fit ses adieux à sa famille, il prit sa belle-fille dans ses bras, et lui donna pour la première fois de sa vie un baiser qui mouilla les yeux de cette aimable enfant, et lui fit dire, avec la douce ingénuité qui la caractérisait :

« Oh! le bon baiser! il vaut presque ceux de grand-papa. »

Deux ans se passèrent, pendant lesquels M. de Coulanges fit les premières guerres d'Allemagne. Il s'y distingua par de tels prodiges de valeur, qu'il fut nommé colonel sur le champ de bataille. La paix étant signée, il revint à Paris revoir sa charmante femme et sa chère Léontine, alors dans sa quatrième année. Le colonel était ravi des progrès de sa fille : son babil lui semblait de l'esprit; sa méchanceté naissante, il la qualifiait d'espièglerie, et sa jalousie n'était à ses yeux que du caractère; enfin jamais il n'avait vu, disait-il, d'enfant plus surprenant et plus aimable.

Cependant, magré toute la prévention paternelle, M. de Coulanges ne pouvait s'empêcher de trouver Lilia, alors âgée de sept ans, bien plus aimable que Léontine. Autant l'une avait l'air dur, fier et dédaigneux,

autant l'autre portait sur sa physionomie
l'empreinte de la douceur et de la gentillesse; autant la première fatiguait, harce-
lait les domestiques par son exigence et
ses caprices, autant la seconde se conci-
liait tous les cœurs par ses prévenances et
son aménité. On redoutait, on supportait
Léontine; on recherchait Lilia.

Cette préférence, exprimée sans cesse par
tous les gens de la maison et par les amis
mêmes de M. de Coulanges, fit naître dans
son cœur une jalousie qui peu à peu détruisit l'attachement que l'aimable Lilia
l'avait forcé de lui accorder. Comme
l'homme le plus sensé cesse d'être consé-
quent lorsqu'il est aveuglé par un sentiment particulier, il soutint que la grâce
naïve de cette enfant n'était que le germe
de la vanité; son aménité, de la fadeur;
ses prévenances, de l'hypocrisie; ses progrès, un simple effet de mémoire; enfin,
tout ce que Lilia réunissait pour plaire
ne devait, selon lui, que la faire détester.

Tant d'injustice révoltait le bon M. d'He-

ricourt, qui, quoique avancé en âge et
atteint de quelques infirmités de la vieil-
lesse, avait conservé une vivacité et une
chaleur d'âme qui lui faisaient défendre sa
petite-fille avec le ton et l'autorité d'un
chef de famille.

La guerre recommença avec l'Allemagne; le colonel de Coulanges fut encore
obligé de se séparer de sa femme et de sa
fille : il partit cette fois sans donner à
Lilia le *bon baiser*, et fut absent près de
deux ans. Il fit de nouveaux prodiges de
valeur et contribua si glorieusement au
gain d'une bataille décisive, qu'il fut
promu au grade de général et décoré
de la grand'croix de la Légion d'honneur,
avec une dotation considérable.

Léontine entrait alors dans sa neuvième
année et Lilia dans sa douzième. La première, au retour de son père, devenu l'un
des généraux les plus célèbres, conçut tant
d'orgueil à la vue de ces hautes marques
distinctives, qu'elle se crut au-dessus de
sa sœur. Il n'y avait pas de jour, pas

d'instant qu'elle ne lui fit sentir cette pré-
tendue supériorité, la traitant de simple
fille de financier, de petite bourgeoise.
Lilia ne répondait à toutes ces insultes
que par le silence et la résignation; mais
dans les belles réunions qui avaient lieu
ch z M. de Coulanges, dans les cercles,
dans les promenades, elle était vengée
par le public, qui s'empressait de la pré-
férer hautement à son orgueilleuse sœur.

Le général s'en apercevait souvent; et,
soit aveuglement d'un père, soit brusquerie naturelle, il faisait quelquefois payer à la
pauvre Lilia ses nombreux avantages en
lui faisant endurer mille humiliations qui
intimidaient cette charmante orpheline,
mais ne l'empêchaient pas de se montrer
encore plus tendre et plus intéressante.

Un jour il s'éleva à son égard une vive
dispute entre le général et son grand-père.
Celui-ci faisait à son gendre des reproches
mérités sur son injustice envers Lilia.
M. de Coulanges s'emporta avec excès et
finit par déclarer qu'il était maître chez

lui... « C'est me dire, reprit le vieillard
que je ne suis plus chez moi, et je profite-
rai de l'avis. » Dès le lendemain donc,
M. d'Horicourt, malgré les excuses du
général sur son emportement, malgré les
vives instances de sa fille, et surtout les
larmes de Lilia, inconsolable de se séparer
de son grand-père, quitta l'hôtel qu'ils
habitaient ensemble et se retira dans une
petite maison de campagne qu'il avait
à Soisy-sous-Étoilles, sur les bords de la
Seine. Comme sa fortune était modique et
que sa fierté l'empêchait de rien recevoir
de ses enfants, il ne se fit accompagner
que de Marguerite, vieille cuisinière à son
service depuis trente ans, et qui jamais ne
voulut quitter son ancien maître.

Le général fut ravi au fond de l'âme
d'être débarrassé de ce censeur austère :
madame de Coulanges, craignant sur
toute chose de déplaire à son mari, se
sépara de son père avec résignation.
Léontine, que son aïeul morigénait assez
souvent, fut enchantée de son éloigne-

ment : il n'y eut que Lilia et Germain, valet de chambre du général, qui furent véritablement sensibles au départ de M. d'Horicourt.

Madame de Coulanges envoya d'abord assez souvent savoir des nouvelles de son père. Le général, qui eut avec lui une explication très-vive en se séparant, jura qu'il ne reverrait de sa vie ce vieillard grondeur et inflexible. Au bout de quelque temps, madame de Coulanges députa encore plusieurs fois Germain auprès de son père et finit par rester des mois entiers sans remplir ce devoir, non par une indifférence coupable, mais par un oubli involontaire, effet ordinaire du tourbillon du grand monde où elle vivait. M. d'Horicourt fut profondément blessé de cet oubli; mais ce qui acheva d'ulcérer ce vieillard, c'est que, au bout de quelques mois de séjour à Soisy, ayant demandé qu'on laissât Lilia venir passer une semaine avec lui, le général s'y opposa, et sa timide femme n'eut pas le courage de lui résister. Ce refus

indigna tellement M. d'Horicourt, qu'il fit
à son gendre et à sa fille la défense posi-
tive de jamais paraître devant lui, leur
déclarant que leur présence troublerait sa
paisible retraite.

Le général, dont le fond du cœur était
excellent, et qui cachait, sous la brusquerie et l'entêtement d'un brave habitué à
commander, les qualités d'un honnête
homme, fut sincèrement affligé de cette
rupture. Il employa tous les moyens de
regagner l'estime et l'amitié de M. d'Horicourt; mais ce vieillard, qui n'était ni
moins susceptible ni peut-être moins en-
têté que le général, se refusa à toutes les
propositions que lui fit ce dernier, et ne
retourna plus à Paris.

Six ans s'écoulèrent sans que ce chef
le famille voulût communiquer avec ses
enfants. Soit fierté, soit obstination, il fut
sourd à leurs instances et sut braver jusqu'au désir qu'il avait de revoir sa chère
Lilia, alors âgée de dix-sept ans. Les
traits de celle-ci avaient pris une régula-

rité qui la rendait plus aimable encore;
on ne pouvait la voir sans l'admirer, l'entendre sans être ému, la connaître sans
l'aimer. Il n'en était pas de même de
Léontine : petite et d'une taille hasardée,
elle était sans grâce et n'avait aucun
charme. Sa figure était commune; le seul
sentiment qui se peignait sur son visage
était l'orgueil que lui inspirait le rang de
son père, dont elle avait toute la brusquerie sans en avoir les qualités.

Aussi, lorsque les deux sœurs paraissaient ensemble dans les cercles, on offrait
tous les hommages à Lilia, tandis qu'à
peine s'apercevait-on que Léontine fût
présente. Naturellement méchante et ja-
louse, elle s'en plaignit à son père. Celui-
ci, craignant que tous les avantages qui
brillaient dans Lilia ne fissent trop souffrir
sa sœur, et surtout ne nuisissent à son
établissement, résolut de mettre cette
orpheline dans une pension éloignée de
Paris, où elle resterait jusqu'après le mariage de Léontine. La faible et vaine ma-

dame de Coulanges y consentit; et le bon
Germain fut chargé en secret de chercher
une pension convenable et d'y conduire
Lilia, qu'il irait visiter chaque semaine
pour lui procurer tout ce qui pourrait
adoucir son exil.

Ce bon et franc Picard allait de temps
à autre savoir des nouvelles de M. d'Horicourt, et toujours il lui remettait une
lettre de Lilia. C'était la seule dont
le vieillard consentît à recevoir des marques de tendresse. Dans le dernier voyage
qu'avait fait Germain à Soisy, M. d'Horicourt le chargea de lui procurer une petite
gouvernante de quinze à seize ans, qui
pût soulager la vieille Marguerite dans
ses travaux, et surtout se conformer à son
humeur, devenue parfois acariâtre. Germain fit part de cette demande à Lilia, qui
aussitôt conçut un projet digne de son
amour pour son grand-père. Elle proposa
à Germain de la présenter comme sa nièce
ou sa filleule à M. d'Horicourt, auprès
duquel elle resterait en qualité de petite

gouvernante, pendant que sa mère et son beau-père la croiraient dans la pension qu'il était chargé de lui procurer. Cette aimable orpheline ne songeait qu'au bonheur de revoir son aïeul, de le servir, de le soigner, de porter adroitement dans son cœur toutes les consolations dont il avait besoin. « Tu annonceras à mon beau-père, disait-elle à Germain, que tu as trouvé une pension dans une petite ville aux environs de Paris; et, au lieu de m'y conduire, tu me présenteras, sous le nom de Javotte et dans un costume analogue, chez mon grand-père, qui ne pourra me reconnaître, car depuis qu'il s'est séparé de nous, je suis grandie au moins de la tête; ma voix est tout à fait changée; et avec un petit accent villageois que je prendrai, je suis sûre de tromper jusqu'à la vieille Marguerite elle-même. Tandis qu'on me croira reléguée dans une maison d'éducation bien triste, bien maussade, je servirai le digne vieillard qui m'est si cher, je l'amuserai par mon babil, je le dis-

trairai par mes chansonnettes; je lui ren-
drai enfin les soins si tendres qu'il m'a
donnés dans mon enfance. — C'est fort bien
imaginé, repartit Germain; mais êtes-vous
bien certaine de pouvoir conserver votre
déguisement, de remplir assez bien votre
emploi auprès de M. d'Horicourt?... —
Laisse-moi faire, bon Germain, je veux si
bien jouer mon rôle, m'acquitter de mon
devoir avec tant de zèle et d'adresse, que
l'on raffolera de Javotte; et, si le ciel seconde mes desseins... Mais je ne puis t'en
dire davantage pour l'instant : arrange
tout ainsi que nous en sommes con-
venus. »

Germain s'acquitta promptement et
avec exactitude de ce que lui avait recom-
mandé sa jeune maîtresse : il annonça
qu'il mènerait quand on voudrait la jeune
exilée dans une pension à Pontoise. Lilia
feignit d'être attristée de se séparer de sa
mère et de sa sœur, partit un matin avec
le fidèle valet de chambre, alla aussitôt
avec lui se revêtir, dans une auberge, du

costume nécessaire au rôle qu'elle allait
jouer, et se rendit à Soisy-sous-Étoiles,
où Germain la présenta à son grand-père.

M. d'Horicourt, à qui Germain avait an-
noncé la *petite Gouvernante* comme sa
parente, et douée de toutes les qualités
requises, ne la reconnut aucunement;
mais, dès le premier abord, sa figure plut
au vieillard, ainsi qu'à la bonne Marguerite. Lilia avait pris un air si naïf et en
même temps si villageois, qu'il était im-
possible qu'on découvrît sous cette enve-
loppe la jeune demoiselle la mieux élevée
et la plus accomplie. « Ah ! c'est de vous
qu'on m'a parlé, lui dit M. d'Horicourt en
la regardant avec intérêt : soyez la bien-
venue, ma belle enfant.

— Elle est donc orpheline ? dit la vieille
Marguerite.

— Hélas ! oui, ma bonne dame, c'est c'
dni fait qu' feu mes père et mère étiont
morts.

— D'où êtes-vous ? demanda M. d'Horicourt.

— Du village d'Asnières, tout vis-à-vis
l'Iac.

— Et c'est ici votre première condi-
tion?

— Oh! mon Dieu, oui, mon bon monsieur.

— Mais savez-vous coudre, filer, trico-
ter, savonner? demanda Marguerite avec
volubilité.

— Ma fine, vous en demandez trop long
à la fois, lui répondit en riant Lilia; mais
c' que je n' saurai pas, je l'apprendrai de
vous, car vous m'avez l'air d'une brave et
habile dame... »

Ce petit compliment dérida Marguerite,
qui prévit dès lors que la petite Gouvernante pourrait se courber à toutes ses
volontés.

— C' n'est pas, ajouta Lilia plus naïve-
ment encore, qu' mon parrain n' m'ait pré-
venue que vous étiez un tantinet quinteuse,
grondeuse; mais i' tâcherons d' vous

égayer. C'est qu' telle qu' vous m' voyez, je rions et j' chantons toujours.

— Tant mieux, dit M. d'Horicourt; cela me réjouïra, me rafraîchira les idées.

— C'est bien, très-bien, répétait tout bas la vieille gouvernante : des principes, des mœurs, de la religion; allons, allons, j'en ferai quelque chose... »

Germain, qui riait sous cape des naïvetés aimables de Lilia, lui fit à son tour un long sermon sur les devoirs qu'elle avait à remplir, lui faisant observer qu'il avait répondu d'elle, et qu'il espérait bien qu'elle ne le compromettrait pas. Il la recommanda aux bontés de Monsieur, à l'indulgence de Marguerite, et retourna vite à Paris, faire accroire à M. et à madame de Coulanges qu'il avait déposé Lilia dans sa maison de Pontoise, où elle annonçait devoir s'accoutumer très-facilement.

Voilà donc la petite Gouvernante installée chez son grand-père. Elle n'eut pas de peine à s'y faire remarquer par son adresse

et son intelligence. Marguerite était ravie
des secours nombreux qu'elle lui prodiguait; M. d'Horicourt ne pouvait s'empêcher d'être ému, surpris des tendres soins
de Javotte. Il avait à peine le temps de
désirer, qu'aussitôt il était satisfait. Jamais, disait-il, on n'avait mieux fait son
thé, son café, son chocolat. Jamais, ajou-
tait de son côté la vieille Marguerite, on
n'avait préparé ses différents légumes plus
proprement, savonné ses bonnets ronds
avec plus de soin, mieux repris les trous
qui s'y trouvaient en si grand nombre; et surtout jamais on ne lui avait
acheté de meilleur tabac. Lilia n'éprouvait pas moins de plaisir qu'eux. Elle
était si heureuse, quand son grand-
père s'appuyait sur son bras, lui passait
la main sous le menton, lui faisait chan-
ter des chansonnettes, et s'endormait sous
les arbres de son jardin, au récit de ses
contes de grand-mère!

Un jour que M. d'Horicourt s'était livré
au sommeil sur un petit banc de bois, au

fond de son jardin, pendant que Lilia bê-
chait et arrosait les fleurs qui se trouvaient
auprès, elle ne put résister au plaisir d'em-
brasser son grand-père. Il y avait si longtemps qu'elle n'avait eu ce bonheur! Les
baisers nombreux qu'elle avait reçus de
lui dans son enfance se représentaient avec
tant de charmes à sa pensée; sa figure encore fraîche, ombragée de cheveux blancs,
était si ravissante!... Elle s'avance donc
vers le banc avec précaution, se lève sur
la pointe du pied, et, le cou tendu, re-
tenant sa respiration, elle pose doucement
ses lèvres sur le front vénérable du vieillard.

M. d'Horicourt se réveille en sursaut;
Lilia, sans doute, avait appuyé le baiser
plus fort qu'elle ne le pensait. Aussitôt la
petite Gouvernante saisit un râteau, un
arrosoir, et s'éloigne, afin de dissiper tout
soupçon.

— Oh! c'est singulier, dit le vieillard
en se frottant les yeux, il y a longtemps
que je n'éprouvai une pareille sensation.

— Qu'a donc Monsieur ? lui demanda Lilia en s'approchant ; est-ce qu'il se trouverait incommodé ?

— Non, non... bien au contraire, ma petite... J'ai cru... j'ai senti... Ce que c'est que l'illusion d'un songe !

— Qu'est-ce que Monsieur a donc senti ?

— Figure-toi, Javotte, que j'ai rêvé que j'étais à Paris au milieu de mes enfants...

— Eh ben ! c'est bon signe ; mais ça vaudrait encore mieux si c'était pour tout d' bon.

— Je me croyais dans leurs bras ; mon cœur était épanoui.

— J' crois ben : c' n'est qu' parmi les siens qu'on est heureux.

— J'ai cru... vraiment il me semble la voir encore... j'ai cru que ma chère Lilia me donnait un baiser... mais un baiser si doux ! il a pénétré jusqu'au fond de mon cœur.

— Eh ! quoi qu' c'est que c'te Lilia ? dit
la petite Gouvernante en cachant avec
peine son émotion.

— C'est ma petite-fille, répondit
M. d'Horicourt en soupirant ; figure toi-un
ange de beauté, et avec cela une douceur,
une délicatesse, une bonté !...

— Pardine, elle est d' vot' sang : voyez
l' beau miracle !

— Voilà près de six ans que je ne l'ai
vue.

— Eh ! pourquoi donc ça ?

— Ses parents l'empêchent de venir
ici.

— Ses parents ! Est-ce que Monsieur
n'est rien pour elle ? Y a-t-il quelque chose
d' plus proche et de plus cher au monde
qu'un grand-père ? J'en ai un aussi, moi...
et j' sentons qu' si l'on voulait m'empêcher
d'aller l' voir... je saurais si bien faire,
qu' je m'approcherions de lui, oui, tout
près de lui.

— Qui croirait que c'est sa mère qui
s'y oppose ? que ma fille elle-même...

— Vot' fille ? ça n'est pas possible : elle
n'est pas sa maîtresse ! Elle a peut-être
un mari qui vous la mène tambour bat-
tant... Une pauv' femme, en pareil cas,
est plus à plaindre qu'à blâmer... et, sans
la connaître, j' mettrais ma main au feu,
voyez-vous, qu' la fille du bon M. d'Horicourt n'a jamais oublié son père... Faut
si peu d' chose pour brouiller des familles !
ça s' voit souvent au village, et encore
plus parmi vous autres riches... Mais v'là
l' soleil couché tout à fait et l' s'rein com-
mence à tomber ; ça pourrait vous incom-
moder : rentrons, Monsieur, prenez mon
bras, et souvenez-vous ben qu'un père
comme vous ne peut pas être abandonné... Non, non, i' n' peut pas être
abandonné...

En parlant ainsi, la petite Gouvernante
aide M. d'Horicourt à regagner son habitation ; et, toutes les fois que la conversation tombait sur madame de Coulanges,
Lilia, déguisant son émotion sous un lan-
gage rustique et la gaieté la plus fran-

che, défendait sa mère avec succès; elle finit par persuader à M. d'Horicourt qu'elle n'était coupable que de faiblesse envers un époux brusque et despote.

Six mois s'étaient écoulés depuis que la petite Gouvernante était auprès de son aïeul : M. d'Horicourt et la vieille Marguerite en raffolaient. Elle n'était pas moins aimée dans tout le village de Soisy. On n'y parlait que de la gentillesse et surtout de l'honnêteté de la petite Gouvernante. Le fils du bedeau, le maître d'école lui-même, et jusqu'au neveu du percepteur des contributions, la demandèrent en mariage à plusieurs reprises; mais Germain, consulté par M. d'Horicourt, comme le parent et le tuteur de la jeune orpheline, refusait avec dignité de donner son consentement à toutes ces propositions, quelque avantageuses qu'elles fussent. Javotte, qui s'amusait beaucoup de ces brillantes conquêtes, déclarait qu'elle ne quitterait M. d'Horicourt qu'à la mort; et ce bon vieillard, attendri, charmé, jurait tout bas

que, après Marguerite, la petite Gouvernante aurait place dans son testament.

Léontine, qui s'était habituée aisément
à l'absence de sa sœur, atteignit sa sei-
zième année. Le haut rang de son père,
la faveur dont il jouissait auprès du monarque, et l'immense fortune qu'il accu-
mulait chaque jour, ne tardèrent pas à
attirer à la jeune personne des partis
nombreux. Comme elle se trouvait débar-
rassée, par l'éloignement de Lilia, d'une
comparaison défavorable, elle fut recher-
chée par un militaire d'un grade supérieur
qui avait servi sous les ordres de son père ;
enfin le mariage fut arrêté. Madame de
Coulanges crut que, dans une semblable
circonstance, elle ne pouvait s'empêcher
de faire sortir Lilia de sa pension de Pontoise. D'après l'aveu du général, qui ne crai-
gnait plus de nuire à sa fille, dont le sort
était décidé, le bon Germain eut ordre
d'aller chercher Lilia et de l'amener à
l'hôtel, mais la veille du mariage seulement, pour repartir le surlendemain :

telle était la volonté de M. de Coulanges.

Le fidèle valet de chambre courut aussitôt à Soisy porter cette nouvelle; la petite Gouvernante, après avoir demandé trois jours à son maître, pour assister, disait-elle, au mariage de sa sœur, se rendit à Paris le soir, ainsi qu'il avait été ordonné. Elle revit sa mère et Léontine, à qui elle prodigua mille caresses, et son beau-père le général. Celui-ci remarqua avec satisfaction que le teint de Lilia n'était plus aussi éclatant de blancheur, et que même elle avait perdu, loin du grand monde, quelque chose de cette grâce ravissante et de cette aisance qui la faisaient tant remarquer avant son départ.

Le lendemain, fut célébré le mariage de Léontine; tout ce qu'il y avait de plus élevé, de plus respectable parmi les officiers généraux, se trouvait à cette superbe et nombreuse réunion. La mariée, quoique petite et assez laide, était surchargée de tant d'ornements et couverte de diamants si beaux et si artistement arrangés, que d'abord tous les yeux se portèrent sur elle; mais dès que Lilia parut, les regards se tournèrent de son côté, et s'y attachèrent. La simplicité de sa toilette ne faisait qu'ajouter encore à l'éclat de ses charmes. On ne vit plus qu'elle, on ne s'occupa plus que d'elle.

Pendant toute la fête, on admira Lilia, on l'entoura d'hommages. Aussi, dès le lendemain matin, le général obtint de sa femme que Lilia retournerait à sa pension de Pontoise.

— Je crains, disait-il, que cette jeune personne, qui ne peut prétendre à un établissement semblable à celui de Léontine, ne prenne, dans les fêtes qui doivent suivre ce mariage, des idées de grandeur et des goûts d'ostentation qui ne pourraient que lui nuire et faire son malheur...

La trop confiante madame de Coulanges se rendit à ses raisons sans la moindre observation, et Germain, sous prétexte de reconduire la pauvre orpheline à Pontoise, l'accompagna à Soisy, où, sous le nom et les simples habits de la petite Gouvernante, elle reprit auprès de son grand-père ses occupations chéries, qui lui offraient plus de bonheur que la pompe et tout l'éclat du riche hôtel de son beau-père.

— Eh bien! Javotte, lui dit M. d'Horicourt, t'es-tu bien amusée aux noces de ta sœur?

— Ma fine, Monsieur, queuque plaisir qu' j'y avons pu prendre, je m' trouvons encore mieux avec vous.

— Si j'avais voulu, reprit le vieillard, j'aurais assisté de même à un mariage qui s'est fait hier dans ma famille. Une de mes petites-filles a épousé un colonel de chasseurs, et l'on m'a fait instance sur instance; mais la conduite du général envers moi, la coupable faiblesse de ma fille, son indifférence pour son père, son injustice révoltante pour ma chère Lilia, qu'ils m'ont refusée, qu'ils ont bannie de leur présence, tout met une barrière éternelle entre nous; je ne les reverrai jamais... non, jamais.

La petite Gouvernante employa de nouveau tout l'empire que ses soins touchants et sa gentillesse lui donnaient sur l'esprit du vieillard, pour le calmer et surtout pour dissiper ses préventions contre sa fille. Peu à peu elle détruisit dans l'âme de son aïeul une partie de son aversion pour le général de Coulanges, et profita d'une occasion favorable que le hasard lui présenta, pour tenter une entrevue qu'elle projetait depuis longtemps, et dont le résultat, en comblant le plus cher de ses vœux, devait l'indemniser de tout ce qu'elle avait souffert.

Elle apprit par Germain que les nouveaux mariés devaient aller, avec leurs familles respectives, à un retour de noces que leur donnait un parent du général au château de Morsan, près Corbeil, et qu'ils devaient s'y rendre tel jour et à telle heure, par le grand chemin qui borde la Seine et se trouve au bas du beau parc de

Petit-Bourg, lequel est en face du village de Soisy. Lilia regarda cet événement comme un coup du ciel et ne négligea rien pour en profiter. Elle sollicita donc M. d'Horicourt, qui depuis quelques mois ne s'était pas ressenti de sa goutte, de venir se promener dans ce même parc de Petit-Bourg, si justement renommé; il ne fallait pour cela que traverser la Seine, qui coule au bas du village. Javotte mit tant d'empressement à l'exécution de ce projet; elle promit à son vieux maître de le conduire si doucement et de le faire asseoir avec tant de précaution et si souvent, en un mot d'avoir si grand soin de lui, que M. d'Horicourt ne put résister aux instances de la petite Gouvernante.

Le jour convenu, s'étant paré de ses plus riches habits, et ayant arrangé lui-même les beaux cheveux blancs qui couronnaient sa tête vénérable, il prit le bras de Javotte, qui égaya la promenade par tant de folies et de naïvetés, que ce digne vieillard ne put s'empêcher d'avouer que

3

depuis longtemps il n'avait été aussi heureux et ne s'était aussi bien porté.

Arrivés sur les bords de la Seine, ils la passèrent en bateau, firent leur entrée dans le parc de Petit-Bourg, dont le garde leur ouvrit la grille, et visitèrent les principaux sites de ce lieu ravissant. Lilia, qui s'était fait informer à peu près de l'heure à laquelle passeraient le général de Coulanges et sa brillante société, s'arrangea de manière à revenir avec son aïeul sur le grand chemin au moment favorable. En effet, M. d'Horicourt, à peine sorti du parc de Petit-Bourg, aperçut sur la grande route un gros nuage de poussière, et bientôt après il entendit le bruit de plusieurs voitures. Javotte lui proposa d'attendre un instant pour voir défiler ce cortége : le vieillard y consentit, s'imaginant que c'était quelque grand seigneur ou peut-être le monarque lui-même qui parcourait ce beau pays; mais à peine la voiture de devant, attelée de quatre chevaux, fut-elle vis-à-vis de M. d'Horicourt, que ces cris perçants vinrent frapper son oreille :

— Dieu ! c'est mon père !... Arrêtez !
arrêtez !...

A ces mots, la portière s'ouvre, et madame de Coulanges, s'élançant vers le
vieillard, se précipite dans ses bras et le
couvre de baisers.

— Quoi ! c'est vous ! lui dit M. d'Horicourt, cherchant à se soustraire aux caresses de sa fille ; comment avez-vous pu
me reconnaître ? il y a si longtemps que
nous ne nous sommes vus !

— Ah ! mon père, répondit madame de
Coulanges, respirant à peine, daignez me
pardonner ! n'empoisonnez pas un des
plus heureux moments de ma vie !...

Et, en achevant ces paroles, elle redou-
blait de caresses. Pendant ce temps, le
général avait mis pied à terre avec sa
fille et son gendre, ainsi que toutes les
personnes qui remplissaient trois voitures
à la suite de la première. Il joint ses instances à celles de madame de Coulanges,
présente au vieillard Léontine et son

époux, fait hautement l'aveu de ses torts,
exprime combien il en a souffert, saisit
une main de M. d'Horicourt, la pose sur
son cœur et dit avec la plus vive émotion :

— Votre place n'a pas cessé d'être là,
pourquoi refuseriez-vous de la repren-
dre ?

— Que vois-je ! s'écria Léontine en
apercevant Lilia, qui cherchait à se déro-
ber à tous les regards, je ne me trompe
point : c'est ma sœur, oui, c'est elle-
même !

— Comment ! reprit le vieillard, ému
malgré lui, ma petite Gouvernante serait...

— Ma Lilia, s'écrie à son tour madame
de Coulanges en la reconnaissant; oui,
c'est ma fille ! Ah ! je vois clair mainte-
nant : que je fus injuste et qu'elle est bien
vengée !

— Ainsi donc, reprit M. d'Horicourt,
tandis que vous m'abandonniez, elle me

prodiguait sa tendresse; tandis que vous l'exiliez de votre riche hôtel, que vous la priviez de tous les plaisirs de son âge, elle mettait tout son bonheur à me distraire de mes chagrins, à soulager mes maux, à vous excuser auprès de moi! Si vous saviez avec quelle chaleur d'âme elle prenait votre défense! Si vous saviez de quelle naïveté touchante, de quel aimable enjouement elle a su se couvrir pour n'être auprès de moi qu'une petite gouvernante! Ma Lilia! créature céleste! comment pourrai-je jamais m'acquitter envers toi?

— En vous réconciliant avec ma mère! s'écria-t-elle : voilà mon unique but, voilà ma plus douce récompense.

— Non, non, reprit le vieillard inflexible; un oubli si cruel, un semblable abandon...

— Ne furent qu'involontaires, reprend vivement Lilia. Grâce tout entière! et, si ma mère fut coupable, ne l'apprenez pas à ses enfants.

Ce dernier trait pénétra jusqu'au fond du cœur de M. d'Horicourt : il ne put résister à l'élan généreux de la petite Gouvernante ; et, tendant ses bras paternels, il y pressa tour à tour sa fille, son gendre, Léontine et son époux. Madame de Coulanges y retrouva le bonheur qu'elle désirait depuis si longtemps ; les jeunes mariés obtinrent le consentement à leur union. Tous les cœurs étaient épanouis, tous les yeux étaient mouillés de pleurs délicieux ; le général lui-même ne put s'empêcher de laisser couler quelques larmes qu'il cacha bien vite sous ses moustaches.

— Il faut, dit-il, que ce jour soit le plus complet de tous ceux que nous avons consacrés au plaisir...

Entraînant son beau-père, il l'oblige à prendre place dans la voiture entre sa femme et Lilia, et les emmène au lieu du rendez-vous, où le récit de cette touchante aventure ne fit que donner à la fête plus de charme et d'intérêt. Lilia, en cette rouge et en simple petit corset, parut à tous les yeux mille fois plus parée que les femmes élégantes qui s'y trouvaient en grand nombre : tout le monde admirait et était la petite Gouvernante; son aïeul et sa mère la citaient comme le modèle de la piété filiale. Le général, trop franc pour cacher son émotion, lui voua l'attachement le plus sincère, et ce fut alors que Lilia, triomphante et satisfaite, offrit la preuve convaincante que, quels que soient les torts de nos parents, nous devons les excuser, les respecter même; et que le seul moyen de faire cesser leurs injustices, de mettre un terme à leurs rigueurs, c'est de les combattre par la douceur et la résignation.

LE CABRIOLET VERSÉ.

———

M. Valstein, ingénieur en chef des ponts et chaussées, chargé des travaux extérieurs de la ville de Paris, en parcourait souvent tous les environs dans un cabriolet élégant et commode. Il s'arrêtait toujours dans les maisons les plus considérables, où il était accueilli avec les égards dus à ses talents, au rang distingué qu'il occupait, et surtout à l'amabilité de son caractère.

Veuf depuis longtemps, il n'avait qu'une fille, nommée Herminie, qui entrait à peine dans son adolescence. Ne pouvant lui-même diriger l'éducation de cette fille chérie, l'espoir et le charme de sa vieil-

lesse, il l'avait mise dans une pension re-
nommée, située au milieu du faubourg
Montmartre. Lorsque ses courses le me-
naient de ce côté, quelquefois il prenait
Herminie avec lui, et la conduisait dans
telle ou telle habitation, où elle était sûre
de passer la plus agréable journée.

Un jour, M. Valstein essayait un cabriolet neuf qu'il venait d'acheter ; sa forme
nouvelle, ses ressorts dorés et la riche
peinture qui le décorait, tout cela devait,
selon lui, flatter le petit orgueil d'Herminie, qui souvent altérait le charme des
plus aimables qualités par un amour-pro-
pre excessif et la fierté la plus ridicule.
Il alla donc prendre la jeune personne à
sa pension, pour la mener avec lui à une
terre située au-dessus de Saint-Denis.
C'était la fête patronale du village, et, le
soir même, devait avoir lieu un bal cham-
pêtre, auquel assistait ordinairement la
meilleure société des environs.

Herminie avait en conséquence mis ce
qu'elle avait de plus recherché. Sa robe

fraîche et légère était d'une rare élégance.
Son chapeau de paille d'Italie, d'un admirable travail, s'embellissait d'une guir-
lande de bluets. Une chaussure élégante
dessinait son pied, et de riches bracelets
ciselés dans le dernier goût, ornaient ses
bras, tandis qu'un cachemire de l'Inde
l'enveloppait de ses plis onduleux. On
voit, d'après ce détail, que le père d'Herminie lui prodiguait tout ce qui pouvait
flatter sa vanité.

Un jeune jockey bien galonné, un cheval
vigoureux et d'une superbe allure, répondaient à l'élégance du cabriolet. Herminie
n'avait été de sa vie plus satisfaite ni plus
heureuse. On était à l'équinoxe d'automne:
le temps, à cette époque, est presque tou
jours variable, et, ce jour-là, des nuages
épais qui couvraient l'horizon semblaient
annoncer quelque orage. En effet, M. Valstein et sa fille ne furent pas plus tôt sortis
des barrières de Paris, que plusieurs coups
de tonnerre se firent entendre, et furent
suivis d'une pluie abondante, mais de peu

de durée; elle acheva de couvrir de boue
tous les chemins, déjà gâtés par le mauvais temps de la veille, qui avait duré
une partie de la nuit.

Herminie, tapie au fond du cabriolet,
se couvrit les genoux avec la redingote
de son père, et prit la plus grande précaution pour que sa toilette ne fût aucunement endommagée; mais ce qui l'avait en
secret contrariée, c'est que M. Valstein
avait fait monter entre eux deux le char-
mant petit jockey, qui, vêtu légèrement,
eût été transpercé, et qui malheureuse-
ment, quelques précautions qu'il pût prendre, avait un peu pressé la jeune personne,
dont la plus grande crainte était de chiffon-
ner sa jolie robe et d'en altérer la fraîcheur.

Quand ils furent à peu près au milieu
de l'immense plaine de Saint-Denis, ils
rencontrèrent un pauvre vieux marchand
de légumes des environs, qui retournait
dans sa chaumière, monté sur une petite
charrette attelée de trois ânes en arbalète,
lesquels, marchant lentement et paraissant

accablés de fatigue, occupaient le milieu du pavé et regagnaient le hameau, d'où ils venaient chaque matin apporter à la halle des légumes de toute espèce. Au moment où l'élégant cabriolet de M. Valstein approcha de cet humble et grotesque équipage, le bon vieillard, voulant se ranger pour le laisser passer, fit quitter à l'une de ses roues le pavé, qui se trouvait resserré dans cet endroit. Cette roue, tombant dans une ornière très-profonde, fit verser la petite voiture et jeta sur le côté un des ânes, que son maître crut blessé. Il essaya de le soulager en cherchant à soulever sa charrette; mais le pauvre vieux marchand était lui-même tellement fatigué, qu'il n'en avait pas la force.

M. Valstein avait fait arrêter son cabriolet aux cris que poussait le vieillard; il mit aussitôt pied à terre, et s'empressa de l'aider à remettre d'aplomb sa petite voiture. Pour y parvenir, il crotta ses mains, son habit, ses chaussures; mais, emporté par le plaisir de secourir ce pauvre homme, il ne s'en aperçut qu'en remontant dans son cabriolet.

— Comment te voilà fait! lui dit Herminie avec surprise et dédain; ne m'approche donc pas, tu vas gâter ma robe!

— Que veux-tu? lui répondit M. Valstein, ce pauvre vieux bonhomme ne s'était précipité dans l'ornière que pour nous laisser un libre passage : il était bien juste que je l'aidasse à mon tour. Tu sais d'ailleurs que jamais je n'ai pu résister à la voix ni à l'aspect d'un être souffrant.

Herminie, peu convaincue par cette réponse, ne cessait de reprocher à son père son excès de bonté, et lui faisait observer qu'il n'était pas décent de se présenter de la sorte dans la brillante société où ils étaient attendus. Elle fit tant d'amères plaisanteries à M. Valstein sur la manière dont il s'était crotté, que celui-ci comprit facilement ce qui dictait à sa fille tout ce qu'elle lui disait à cet égard.

Il lui fit sentir avec adresse et douceur son ridicule et son injustice : leur conversation s'animait sur ce sujet, et déjà ils n'étaient plus qu'à une demi-lieue de Saint-Denis, lorsque tout à coup l'essieu du brillant cabriolet se rompt, et les voilà tous deux versés à leur tour sur le milieu de la route.

Herminie crut d'abord que c'était fait d'elle.

— Je suis morte! s'écria-t-elle avec force; je suis morte!...

Son père, effrayé par cette douloureuse exclamation, se convainquit bientôt que la peur seule avait frappé l'imagination de sa fille, et qu'elle n'avait pas le moindre mal.

— Je suis morte! répétait encore plus fortement Herminie.

— Eh bien! ne crie donc pas si fort, lui disait en riant M. Valstein; quand on est mort, on ne pleure pas, et l'on ne dit rien...

Il s'occupa, avec son jockey, qui s'était lestement esquivé dans la chute, à relever son cabriolet, aidés encore de plusieurs personnes qui, en ce moment, passaient sur la route.

Herminie, revenue de sa frayeur, était restée à sa place et commençait à se remettre un peu. Ce qui surtout la consolait, c'est que, grâce à la prévoyance de son père, qui l'avait prise dans ses bras au moment où ils versaient, elle n'était aucunement crottée; seulement sa belle robe était un peu chiffonnée, et les bluets qui ornaient son joli chapeau d'Italie avaient perdu quelque chose de leur pose élégante.

M. Valstein lui annonça qu'ils ne pouvaient plus rester dans le cabriolet sans craindre d'en fausser les ressorts.

Il fallut en conséquence chercher un moyen de se rendre à Saint-Denis, et de là à la terre où ils étaient attendus.

On voyait bien passer à chaque instant, sur la route, de ces petites voitures qui

vont et viennent sans cesse de Paris à
Saint-Denis; mais, comme c'était un dimanche, toutes se trouvaient remplies.
On fut donc contraint d'attendre; et cependant le temps s'écoulait : il était près
de quatre heures.

Pendant que l'on cherchait les moyens
de sortir d'embarras, le pauvre vieux
marchand de légumes vint à passer à son
tour.

En apercevant M. Valstein encore tout
crotté du service qu'il lui avait rendu une
demi-lieue plus loin, il fait arrêter ses
trois ânes, descend précipitamment de sa
petite charrette, et s'empresse d'offrir à
son tour ses services.

— Que vous est-il donc arrivé, mon
cher bon Monsieur?

— J'ai versé comme vous, mon brave
homme; mais je ne puis relever ma voiture aussi facilement que la vôtre : l'essieu
s'est brisé.

— Nous ne savons, ajouta la jeune

personne, comment faire pour gagner le château où nous allons.

— Y a-t-il bien loin d'ici à ce château ? reprit le bon vieillard.

— C'est à une petite demi-lieue au-dessus de Saint-Denis, repartit M. Valstein, et je crains bien que nous n'arrivions pas à l'heure du dîner, ce qui me contrarierait beaucoup.

— Si j'osais vous proposer, ainsi qu'à Mademoiselle...

— Quoi donc? lui demanda vivement Herminie.

— Ma petite charrette peut contenir deux personnes se serrant un peu : il ne s'agit que de retourner la paille toute fraîche de ce matin et de mettre sur la petite banquette de bois la redingote de Monsieur...

— J'accepte, brave homme, répondit M. Valstein... Ma fille, dit-il à Herminie avec intention, n'es-tu pas, comme moi, touchée de l'offre de ce bon vieillard?

— Sans doute, répondit-elle en balbutiant : *cela vaut toujours mieux que rien*, et, au risque d'être un peu cahotée, je pourrai au moins arriver sans que ma toilette soit endommagée.

A ces mots, qui ne répondaient pas tout à fait à la reconnaissance qu'éprouvait M. Valstein, le vieux marchand fit avancer sa petite voiture du côté où se trouvait la jeune demoiselle, et bientôt elle se trouva saine et sauve sur la banquette de la petite charrette aux légumes. Son père s'y mit auprès d'elle. Le jeune jockey eut ordre de conduire à Saint-Denis le beau cabriolet, au simple pas de cheval, afin de le faire mettre en état de retourner le soir à Paris. Le bon vieillard conduisit à pied son grotesque attelage ; et au bout d'une demi-heure, Herminie et son père firent dans Saint-Denis une entrée triomphale que remarquait en riant chaque personne qui passait : tout le monde se mettait aux fenêtres pour considérer cette singulière caravane. M. Valstein en riait aux éclats ; mais Herminie, les yeux baissés et se mordant les lèvres, répétait à chaque instant qu'il était bien désagréable de servir ainsi de risée à toute une petite ville.

— Que t'importe ? lui répondait son père, toujours en riant et avec intention : tu ne seras pas crottée ; et, comme tu le disais toi-même tout à l'heure, « cela vaut » toujours mieux que rien. »

En passant sur la place de Saint-Denis, Herminie sollicita M. Valstein de prendre une des petites voitures qui s'y trouvent ordinairement, et de laisser là le char triomphal du marchand de légumes.

— Nous serons plus commodément, disait-elle ; nous arriverons plus vite et surtout plus décemment dans la brillante réunion où tu me conduis.

— Oh ! non, ma fille, lui répondit M. Valstein, ce serait mortifier cet excellent homme, qui nous a tirés d'embarras si officieusement, s'est mis pour nous dans la boue et s'est détourné de son chemin :

j'entends qu'il nous conduise ainsi jusqu'à notre destination.

Ces dernières paroles furent un coup de poignard pour Herminie, qui persistait toujours dans son opinion.

Pendant ces débats, la petite charrette roulait tout doucement, et nos voyageurs, après avoir traversé Saint-Denis, arrivèrent bientôt à l'entrée de l'avenue conduisant au château où ils allaient.

Herminie proposa de nouveau à son père de descendre et de parcourir à pied cette avenue, dont le sol séché par les rayons du soleil, qui dardaient depuis quelque temps, n'offrait aucun risque pour sa toilette.

— Non, non, lui dit encore M. Valstein, notre équipage m'est devenu trop cher pour que je n'en donne pas une représentation à la nombreuse société qui nous attend.

Les trois ânes en arbalète arrivèrent donc dans la première cour du château, traversèrent la seconde, et pénétrèrent

enfin jusqu'aux marches du vestibulet,
après avoir défilé devant les croisées du
salon. A la vue de ce grotesque équipage,
chacun partit d'un éclat de rire et courut
au-devant d'Herminie, qui, pourpre de
dépit et de honte, descendit de son char
empaillé, aux acclamations et aux rires
inextinguibles de toutes les personnes
réunies autour d'elle.

M. Valstein, en lui donnant la main
avec une cérémonie et une dignité qui
ajoutaient encore au comique de la situa-
tion, raconta ce qui s'était passé. Tout le
monde loua l'obligeance, la bonté du vieux
marchand de légumes. M. Valstein chargea Herminie de lui remettre un louis
pour le récompenser de ce qu'il l'avait
empêchée de crotter sa toilette si recher-
chée, et lui dit en l'embrassant :

— Pardonne-moi cette leçon, ma fille.
Souviens-toi qu'on ne doit jamais rougir
d'un bienfait, quelle que soit la main qui
le dispense.

LA CHAUMIÈRE DE LA VEUVE.

Sur les rives charmantes du Cher est le village de Saint-Avertin, renommé par la fertilité du vignoble, la beauté des sites et le nombre considérable d'habitations délicieuses qu'il réunit. La plus belle est le château de Cangé, bâti au sommet du coteau méridional de la rivière qui baigne ses bas jardins et ses vastes prairies. On ne saurait trouver dans la Touraine un point de vue à la fois plus riche et plus varié que celui dont on jouit dans cet admirable séjour. On dirait que la nature voulut y rassembler tout ce qui peut donner une idée de sa magnificence. A droite, on découvre la ville d'Amboise, et,

sur la ligne horizontale, le château de
Blois; à gauche, la ville de Tours, plus
bas, celles de Luynes, de Langeais, et,
huit lieues plus loin, les tourelles de
la forteresse de Saumur. En face s'élèvent
les riches coteaux de la Loire, qui coule à
une demi-lieue des rives du Cher, arro-
sant ensemble une immense vallée de près
de trente lieues de long, de la plus belle
agriculture, et couverte de quatre-vingts
villages qu'on distingue aisément à l'aide
du télescope. Aussi Barthélemy, que j'y
conduisis un jour, s'écria-t-il à cet aspect
ravissant:

— Ah! c'est une seconde création.

Ce château appartient aujourd'hui a
l'un des plus riches fabricants de soieries
de la ville de Tours, allié de ma famille;
et l'accueil qu'il fait aux étrangers qui
vont visiter cette belle demeure ajoute
encore à tout ce que la nature y réunit.
Je ne vais jamais revoir le pays qui me
vit naître sans attacher mes regards sur
ce château de Cangé, où je fus souvent

accueilli dans ma jeunesse par l'honorable famille de Sévelinges, dont le pays conserve encore le souvenir.

Au bas du coteau de Saint-Michel, attenant au village de Saint-Avertin, est une humble chaumière occupée par une veuve infirme dont le mari et les deux fils sont morts dans la funeste campagne de Moscou. Seule, sans parents, sans appui, cette pauvre femme, qu'on appelait la mère Durand, existait du travail de ses mains : elle employait tout son temps à dévider de la soie pour les fabricants de la ville de Tours, ce qui, en s'occupant depuis cinq heures du matin jusqu'à huit heures du soir, peut produire à l'ouvrière environ dix à douze sous par jour. Naturellement gaie et résignée aux coups du sort, la mère Durand trouvait le moyen de cultiver elle-même son jardin; et du produit de ses veilles elle faisait bêcher et entretenir un petit clos de vignes qu'elle possédait au sommet du coteau de Saint-

Michel, et qui produit le meilleur vin du canton.

Mais bientôt l'excès de travail et l'isolement pénible où se trouvait cette malheureuse veuve diminuèrent ses forces, altérèrent sa santé. Paralysée du bras gauche, elle ne fut plus en état de pourvoir à son existence; et les principaux habitants du village s'occupèrent à la placer dans un hospice. Mais c'eût été lui donner la mort : l'idée seule de quitter sa chaumière, où elle était née, où elle avait eu le bonheur d'être épouse et mère, où depuis soixante ans elle jouissait d'une douce indépendance, cette idée la désespérait; et sans cesse elle répétait à ses voisins que le jour où elle serait forcée de quitter son humble demeure serait le dernier de son existence.

Le château de Cangé était, à cette époque, habité par une famille opulente qui, après avoir couru les chances les plus favorables du commerce, dans les quatre parties du monde, était venue s'établir et

4

se délasser de ses longs travaux dans le beau jardin de la France, si digne de sa célébrité. Un des chefs de cette famille honorable était capitaine de vaisseau et l'heureux père de deux jeunes filles, nommées Céline et Louisa : l'aînée avait douze ans, et la cadette ne comptait qu'un printemps de moins que sa sœur. Le hasard les conduisit à la chaumière de la veuve, qui leur raconta ses malheurs, et la nécessité cruelle où elle se trouvait d'aller mourir dans un hospice.

— Eh quoi! dit Céline, la veuve et la mère de trois militaires morts au champ d'honneur serait forcée de quitter son paisible foyer! Nous ne le souffrirons pas.

— Non, non, dit à son tour Louisa, nous conserverons à cette respectable infirme sa chaumière et ses chères habitudes. Promettons-nous de diriger nos promenades du matin de ce côté, et l'excellente bonne qui nous a élevées nous secondera dans le projet que je conçois.

Prenez courage, mère Durand, nous ne
vous abandonnerons pas; et, dès demain,
nous commencerons notre service auprès
de vous.

— Vot' service, mes bonnes demoiselles! ah! c'est moi qui s'rais heureuse
d'être au vôtre, si j'avais assez d' forces
pour ça; mais faut ben se soumettre aux
volontés du ciel, et respecter jusqu'aux
rigueurs dont il nous accable : faut toujours croire, comme nous l' dit not' bon pasteur, qu' les maux dont il nous frappe
sont une expiation d' nos fautes, et l'assurance d'un meilleur sort dans l'autre
monde.

Les deux jeunes sœurs furent touchées
de la pieuse résignation de la veuve; et,
après avoir aidé aux soins de son petit
ménage, elles s'éloignèrent en regardant
à plusieurs reprises la vénérable infirme,
qui suivit de ses yeux reconnaissants les
deux anges que le ciel avait envoyés à
son secours, jusqu'à ce qu'elle les eût
tout à fait perdus de vue.

Le lendemain matin, pendant que leur famille reposait encore au château, Céline et Louisa, escortées de leur fidèle gouvernante, se rendirent à la chaumière de la veuve, qu'elles trouvèrent levée et faisant sa prière à Dieu, comme si elle eût été comblée de ses bénédictions. Pendant que la gouvernante fait le lit de la mère Durand, les deux jeunes demoiselles s'empressent d'aider cette dernière à se vêtir, et lui préparent un déjeuner frugal, mais stomachique, avec du vin vieux, du sucre et un petit pain qu'elles avaient apporté. On eût dit la respectable aïeule des deux charmantes créatures dont elle était entourée. L'une frotte avec un liniment salutaire le bras paralysé de la vieille, qui s'imagine que son sang circule de nouveau sous la main douce et bienfaisante qui la caresse; l'autre allume du feu avec deux vieux tisons qui, par hasard, se trouvaient encore dans la cheminée, et chauffe un morceau de flanelle dont elle fait une friction, qui, peu à peu, fait pénétrer dans

le membre engourdi de la malade une
chaleur vivifiante, et lui permet de remuer
un peu les doigts, ce qu'elle n'avait pu
faire depuis longtemps. Enfin, tous ces
devoirs de la charité étant remplis, on
s'occupe à dévider quelques écheveaux
de soie que plusieurs fabricants de la ville
confiaient encore à cette pauvre veuve.
Céline, Louisa et leur gouvernante, cha-
cune un dévidoir devant elles, agitent
vivement une bobine qui se remplit de
soie, et se font diriger dans cet essai par
la mère Durand, souriant au zèle de ses
trois apprenties.

Le plus grand secret avait été recom-
mandé à la bonne vieille, et, pendant tout
le mois de juin et la moitié de juillet, eut
lieu, dès le lever du soleil, ce pieux pèlerinage à la chaumière de la veuve, dont on
fermait la porte avec soin. Ce n'était que
vers dix heures, au moment où la cloche
du château sonnait le déjeuner, qu'on y
remontait à la hâte, et qu'on paraissait
avoir fait la promenade la plus délicieuse.

Les voisins de la mère Durand ne revenaient pas de la gaieté qui renaissait sur ses traits flétris par le malheur. Ils ne pouvaient concevoir comment, ne pouvant agir que du bras droit, elle vaquait à ses travaux et subvenait à ses besoins.

— Bon, leur disait-elle, n' savez-vous pas qu' Dieu n'abandonne jamais ceux qui croyent à sa justice et s' confiont à sa bonté? Chaque jour ma paralysie s' dissipe, et d'puis six semaines surtout, j'ons usé d'un certain r'mède qui bientôt m' rendra tout à fait libre d' mes pauvres membres, et m' sauvera du malheur d' quitter ma chaumière.

Cependant le père de Céline et de Louisa s'était aperçu de l'absence qu'elles faisaient chaque matin, et, remarquant dans leur conduite un mystère, il résolut de l'éclaircir. Vainement il avait fait, à cet égard, plusieurs questions à leur discrète gouvernante ; celle-ci tout en le rassurant sur les motifs des secrètes promenades de ses filles, avait déclaré que rien ne pourrait lui faire divulguer le secret qu'elles lui avaient confié.

Le capitaine voulut toutefois s'assurer par lui-même de ce que faisaient ses enfants. Un matin, avant le lever du soleil, il les devance au hameau de Saint-Michel, les suit dans leur pèlerinage accoutumé et les voit entrer dans une chaumière située sur les rives du Cher. Céline portait un petit panier de jonc, paraissant contenir quelques provisions; Louisa tenait à la main un paquet de linge, et la bonne qui les accompagnait avait sous le bras une vingtaine de bobines remplies de soie, qu'elle avait réunies par un cordon. Le brave marin se douta sans peine qu'il s'agissait de quelque bonne œuvre, et bientôt il en eut la conviction. A peine s'était-il glissé le long de la chaumière, du côté du jardin, qu'il aperçut, à travers une petite croisée à moitié vitrée, le tableau touchant que je vais essayer de décrire.

Céline tenait le bras gauche de la veuve, elle y versait une eau spiritueuse

dont Lilia formait une friction avec un
morceau de flanelle que la gouvernante
renouvelait de temps en temps par un
morceau semblable chauffé à la cheminée; et la mère Durand, les yeux levés
vers le ciel, semblait lui demander de
répandre ses bénédictions sur les deux
jeunes sœurs. Bientôt la conversation qui
s'établit entre elles apprit au capitaine
que, depuis près de six semaines, ses
deux filles prodiguaient leurs soins à
cette digne femme; et que, ne se bornant
pas à lui procurer tout ce qui pouvait
adoucir sa cruelle position, elles réparaient
la cessation de travail à laquelle était
réduite la pauvre infirme, en dévidant
avec leur gouvernante, dans leur appartement au château, la soie confiée à la
mère Durand, travail fastidieux, mais
devenu son unique ressource. Ému de
ce généreux dévouement, qui lui donnait
l'explication des promenades du matin,
et de l'espèce de retraite à laquelle Céline
et Louisa paraissaient vouloir se condam-

ner, l'officier de marine confia ce trait de
bienfaisance au digne pasteur, qui me l'a
rapporté, et dont la pieuse sollicitude résolut de profiter pour attirer sur la malheureuse veuve l'intérêt et la considéra-
tion de tous les habitants du pays.

La fête patronale du village avait ras-
semblé beaucoup de monde au château de
Cangé. La mère Durand, déjà plus d'à
moitié guérie de son infirmité, s'y était
rendue sur l'invitation de ses deux jeunes
bienfaitrices, qui croyaient que leur secret restait ignoré, la bonne vieille leur
ayant promis de ne jamais le révéler. Elle
fut abordée, dans la foule, par quelques
fabricants de soieries qui lui donnaient de
l'ouvrage, et s'étonnaient qu'avec un bras
en écharpe elle pût répondre à leur con-
fiance avec autant d'exactitude. La pauvre
femme rougit et balbutia. Ses regards, en
ce moment portés sur Céline et Louisa,
semblaient leur dire :

— Ne craignez rien, je n' vous trahirai
pas.

Mais le vénérable pasteur, qui saisissait toutes les occasions d'exciter la charité chrétienne, désigne à ceux qui l'entourent les deux charmantes sœurs comme les anges tutélaires de la mère Durand, et divulgue tout ce qu'elles avaient fait pour la secourir.

Cette révélation produisit l'effet qu'en attendait le digne vieillard. Les jeunes villageoises des environs, en applaudissant au trait de bienfaisance des deux demoiselles du château, se reprochèrent de s'être laissé prévenir, et se promirent de profiter de l'exemple qu'elles leur donnaient. Elles arrêtèrent que deux d'entre elles feraient tour à tour le service de la semaine auprès de la respectable veuve, et l'aideraient dans ses travaux. Chaque dimanche, à la sortie de la messe, toutes les jeunes filles tiraient au sort, et celles qu'il désignait allaient s'établir à la chaumière de la veuve, et la soignaient comme une tendre mère. Jamais le dévidage de la soie n'avait été aussi prompt, aussi pro-

~ductif. Mais ce qui vint mettre le comble
au bonheur de la pauvre femme, entière-
ment rétablie de son infirmité, c'est que
les jeunes vignerons du pays voulurent à
leur tour prouver leur dévouement à la
femme, à la digne mère de ceux qui
avaient versé leur sang pour la patrie. Ils
convinrent également que, tous les mois,
deux d'entre eux, choisis par le sort,
seraient chargés tour à tour de cultiver le
jardin de la veuve, et surtout son clos de
vignes, en friche depuis deux ans. Ce
pacte, exécuté avec autant de zèle que
d'assiduité, procura, dès la même année,
a la mère Durand, une récolte d'excellent
vin, dont la vente lui rendit l'aisance et la
sécurité de l'avenir. Elle ne rougissait
point de recevoir les services de cette
brillante jeunesse qu'elle avait vue naître,
et se disait que lorsque son mari et ses enfants étaient morts au champ d'honneur,
il était juste que l'humble champ qu'elle
possédait fût cultivé par ceux qu'ils avaient
représentés sous les drapeaux français.

Le sang des uns était, en quelque sorte, expié par la sueur des autres, et cet échange civique prouvait que le guerrier qui tombe dans les combats ne meurt pas tout entier, et laisse un souvenir honorable qui, tôt ou tard, rejaillit sur sa famille.

La mère Durand existe encore, soignée, honorée par tous les habitants de son village. Elle n'a point quitté le lieu de sa naissance; elle s'occupe quelquefois à dévider de la soie à l'entrée de sa demeure, d'où ses regards attendris se portent sur le château de Cangé; et tous les étrangers qui vont visiter ce beau séjour, instruits de ce fait historique si digne des bons agriculteurs du jardin de la France, se font désigner avec empressement la *chaumière de la veuve.*

FIN.

Limoges. — Imp. E. Ardant et Cie.

Original en couleur

NF Z 43-120-8

LES
VÉGÉTAUX DANS LES BOIS

PAR

A. DUBOIS

Officier d'Académie, membre de plusieurs Sociétés savantes

www.ingramcontent.com/pod-product-compliance
Lightning Source LLC
Chambersburg PA
CBHW070811260626
47161CB00006B/2251